Découvrir l'enfance

Découvrir l'enfance

Aldivan Torres

Canary Of Joy

CONTENTS

1 1

1

"Découvrir l'enfance"
Aldivan Torres
Découvrir l'enfance

Auteur : Aldivan Torres
149 019- Aldivan Torres
Tous droits réservés

Ce livre, y compris toutes ses parties, est protégé par un droit d'auteur et ne peut être reproduit sans la permission, la revente ou le transfert de l'auteur.

Aldivan Torres, originaire du Brésil, est un écrivain consolidé de plusieurs genres. À ce jour, il a des titres publiés dans des dizaines de langues. Dès le début, il fut toujours un amant de l'art d'écrire après avoir consolidé une carrière professionnelle dès la seconde moitié de 2013. Il espère par ses écrits de contribuer à la culture internationale, suscitant le plaisir de lire ceux qui n'ont pas encore l'habitude. Votre mission est de gagner le cœur de chacun de vos lecteurs. En plus de la littérature, ses principaux goûts sont la musique, le voyage, les amis, la famille et le plaisir de vivre. « Pour la littérature, l'égalité, la fraternité, la justice, la dignité et l'honneur de l'être humain » est sa devise.

« Personne n'allume une lampe pour la couvrir d'une boîte ou la mettre sous le lit Il la met sur la lampe, pour que tous ceux qui viennent verront la lumière En fait, tout ce qui est caché doit se manifester ; et tout ce qui est en secret doit devenir connu et manifeste. Et donc, attention comme vous l'entendez, car ceux qui ont quelque chose seront encore plus donnés ; car celui qui n'a pas, sera enlevé ce qu'il pense avoir » (LC 8.16-18)

"Découvrir l'enfance"

Découvrir l'enfance

Dévouement et merci

Merci

1-Enfance

1.1-Fundão, le 1er août 1900-

1.2-Célébration

1.3-Fête du baptême

1.4- Les premiers jouets

1.5-La maladie et le premier mot

1.6-Enfin, debout

1.7 Visite de la famille

1,8-La période de deux ans

1,9-Le premier jour à l'école

1.10-Le premier battement

1.11-La naissance du deuxième enfant

1,12-Trois ans de plus sont finis.

1.13-Quelques expériences intéressantes dans la vie des deux frères

1.14-La découverte de l'amour

1.15- La nouvelle routine

1.16-Les histoires de Filomena

1.17-Le code de conduite de Filomena.

1.18-Hunter Stories

1.19-Adieu

1.20 Fin de l'enfance

1-Enfance

1.1-Fundão, le 1er août 1900-

C'était un mercredi après-midi ensoleillé. Le couple Filomena et Jilmar se reposaient devant leur petite maison simple. Ils avaient déjà achevé une année de mariage et de changement du siège de la municipalité Cimbres (Pêche actuelle), et se félicitaient malgré les grandes difficultés financières qui se présentent. Jilmar, encore à son époque de rencontre, avait travaillé comme un condamné comme assistant chargé pour récolter de l'argent et acheter un petit morceau de terre et avait été aidé par la mariée Filomena qui faisait de la dentelle. Quand ils ont gagné assez d'argent, ils se sont mariés, ont emménagé à l'endroit, et ont commencé une vie ensemble. Avec peu de temps, Filomena s'était retrouvé enceinte.

Cet après-midi, il avait terminé les neuf mois d'attente. Reposant et pensant à l'avenir, soudain, Filomena commença à sentir la douleur, demanda de l'aide à son mari qui alla le feu, à cheval, cherchant une sage-femme. Le jeune Victor se dépêcha de débuter dans un monde plein de misères, de difficultés, mais qui était aussi beau et agréable. Au moment où elle était seule, Filomena commença à réciter les prières adressées à Notre Dame de bon accouchement, et ils atténuaient quelque peu son anxiété et sa douleur. Quand elle s'attendait le moins, son mari Jilmar revint avec la sage-femme de grâce, l'emmena dans sa chambre et grâce aux deux heures d'affreux, le garçon est enfin né.

Il y a commencé une autre trajectoire spectaculaire de la lignée Torres, une race spéciale d'êtres humains, pleine de cadeaux. Avec le temps, son inclination aux arts cachés serait révélée et seul Dieu saurait où il pourrait aller. Pour l'instant, il serait élevé par un couple rempli d'amour qui lui enseignerait les concepts fondamentaux de la survie, des valeurs, de l'éthique et de la façon de se comporter dans une société encore inégale au début du XXe siècle.

1.2-Célébration

Après la naissance, Jilmar et Filomena commencèrent à s'inquiéter de la nourriture et des vêtements du nouveau-né. C'est là qu'ils ont eu une idée : appeler quelques connaissances de la région qui avaient une plus grande possession pour participer à une petite fête et pour qu'ils réciproquent avec des cadeaux. C'est ce qu'ils ont fait. Une semaine plus tard, ils ouvrirent les portes de leur petite maison simple et accueillirent leurs amis. Parmi eux, les cousins non mariés de Filomena, Angelica et Bartolomé et d'autres parents de Jilmar.

Tous ceux qui sont venus étaient bien reçus. Par curiosité, ils regardèrent le bébé, louèrent ses attributs et réciproquèrent avec divers dons d'utilité. Le couple a remercié et a prêté attention à tout le monde. Ils ont servi un petit banquet, qui, bien que simple, était très apprécié. Quand la nourriture a disparu, la conversation a continué de se tourner pendant longtemps sur des questions générales, y compris la politique, les nouvelles. Alors, le temps est passé. Du crépuscule, les présents disaient au revoir, et finalement, seuls Jilmar, Filomena et Angelica étaient laissés. Ce dernier, avant de partir, s'approchait du bébé, l'a touché et dans un cri fait une prophétie : —Ce oui sera fier de la course Torres, ce sera un parcours de son temps !

Les parents ne comprenaient pas l'éclatement, mais ils les remercièrent quand même. Quand Angelica est partie, les deux étaient seuls, saisis l'occasion de manger, de sortir et de dormir parce qu'à cette époque, dans un endroit lointain, il n'y avait pas beaucoup d'options de loisirs.

1.3-Fête du baptême

D'une famille traditionnellement catholique, comme la grande majorité des gens de l'intérieur du Brésil, la première initiation du nouveau-né Victor dans la religion a été organisée, c'est-à-dire son baptême. Pour l'occasion, on a invité des parents et des amis, y compris les demoiselles d'honneur et un parrain.

C'était le 15 août 1900, un autre mercredi. Tous les invités de l'occasion et les parents du garçon sont allés à la maison de pêche, plus exactement la cathédrale. Au moment convenu, tout le monde était présent, dispersé sur les bancs de l'Église. Mais le prêtre n'était pas encore arrivé. Ils attendirent encore trente minutes, le vicaire Freitas arriva, et commença la célébration. Pendant les minutes d'encre, prêchait son idéologie et expliquait les responsabilités de tous les présents. Quand tout fut explicite, le rituel poursuivit et, finalement, consacré Victor. Pendant la remise au

Christ, un rugissement fut entendu dans le ciel et tout le monde fut surprenant. Que deviendrait-il de la vie de ce garçon intrigant ?

Le doute resterait dans l'esprit de tout le monde jusqu'à ce qu'il grandisse. Pendant ce temps, il apprendrait des plus proches et avec la vie tous les détails du monde. Après un adulte, il déciderait son destin, à travers ses choix respectifs. Parce que c'est ce que l'être humain est, il est libre d'aimer, de haine, de construire ou de détruire. Nous sommes le principal responsable de notre destin. Continue, lecteur.

1.4- Les premiers jouets

Deux mois se sont écoulés depuis la naissance de Victor et la journée des enfants s'approche finalement. Malgré la situation financière délicate, Jilmar a organisé avec sa femme une promenade dans le terrain de jeux de la ville à cette date critique. Le jour et l'heure combinés, les deux bougeaient, montaient un cheval et emmenaient le bébé. Surface des barrières naturelles telles que la poussière, la route de perte et le soleil brûlant, ils arrivent à la tête de la maison après une heure de lutte.

De l'entrée de la ville au parc se trouve une vingtaine de minutes de route. En route, ils rencontrent des connaissances et des proches, les saluent et leur souhaitent une journée heureuse pour enfants. Ils réciproquent et souhaitent la chance et le succès. Continuez le voyage, trouvez un pub et décidez de cesser de se reposer. Il a fait la décision, démonter, attacher la corde de l'animal dans un buisson pour qu'il colle un peu, et qu'ils aillent à l'établissement. Avec quelques pas de plus, ils arrivent, s'asseoir à la table, sont assistés et demandent un jus et un snack rapide. Pendant qu'ils attendent de la nourriture, ils sortent, et ils se parlent.

« Quoi de neuf, femme, Victor, et vous êtes, d'accord ? Ils ont l'air un peu trop roses. (Jilmar)

« Nous sommes un peu épuisés et chauds. Ce n'est pas facile de voyager avec le soleil battant la tête-on, mais on a survécu Ça vaut la peine quand on va vivre des moments familiaux heureux et intenses. (Filomena)

« Cette saison ne pardonne pas, mais je suis d'accord qu'elle en vaut la peine. Même si nous sommes contre, nous sommes heureux, et nous sommes une vraie famille. J'ai hâte de voir ce gamin courir dans la boue de notre maison, de nous embrasser et de nous appeler parents. (Jilmar)

« Doucement, vieux. Ça prend encore un peu de temps. Pour l'instant, nous devons nous préparer à offrir les conditions minimales à son développement. C'est notre mission à partir de maintenant. (Filomena)

« Oui, bien sûr. Bientôt, je préparerai le pays de la tondeuse l'an prochain. J'espère qu'il pleut. Pendant ce temps, je continuerai à louer, pour certains de nos voisins. D'une façon ou d'une autre, nous passerons et avec dignité. (Jilmar)

« Je suis content que vous soyez prêt. Je n'ai pas regretté de t'avoir épousé parce que tu t'es toujours montré être un guerrier dans cette vie sans opportunités. Merci de m'avoir choisi comme femme aussi. (Filomena)

« Je t'aime aussi. (Jilmar)

A ce moment, les deux câlins et embrassent doucement. Ceux qui les présents applaudissent le geste, et ça les fait rougir. Ils sont silencieux pendant un moment, le snack, et le jus arrive, commencent à nourrir tranquillement le reste de la journée. Quand ils finissent de se nourrir, ils appellent l'assistant, payent la facture, descends de la scène, remettez sur le cheval et poursuivez le voyage. Ils ne s'arrêtaient plus qu'à leur arrivée à la bonne destination.

Retourner sur le chemin, dépêche-toi. Quelques minutes après des bosses intenses dans les rues de la petite ville de Pesqueira, passant par le quartier cerisier, le centre-ville, et les prairies arrivent finalement. À l'entrée du parc, ils décollent le cheval, le piégeant à un arbre voisin, payent les billets d'entrée et entrent. Ils commencent à traverser tous les endroits, à profiter des jouets. Quand ils arrivent devant un décrochage, ils sont intéressés, apprécient les artisanats locaux et, dans un geste d'affection, avec le reste de l'argent qu'il avait, Jilmar achète un cadeau pour sa femme, une robe du temps et pour son fils, un Rattle (Maraca) pour se distraire. En gratitude, Filomena l'embrasse et l'embrasse. Ils continuent à profiter des jouets, marchent à travers différents endroits dans le parc, passent du temps et déjà tard, décident de retourner à la maison. Vite, s'ils conduisent à la sortie, montez le cheval à nouveau et reprenez leur chemin. Ils prenaient à peu près la même période de la route, en échange, mais cela en valait même la peine. Ils ont vécu des moments spéciaux, un jour si important, la journée des enfants et avec leur premier bébé.

1.5-La maladie et le premier mot

Après la promenade dans le parc, la famille formée par Filomena, Jilmar et Victor revient à leur routine normale. Jilmar continua à préparer la terre pour planter en attendant le temps d'hiver et donc assez de soleil et de pluie ; Filomena, avec son travail en tant que femme au foyer, fabricant de dentelles et mère ; Victor, même inconscient, découvre un monde nouveau, divers, compliqués, mais en même temps beau. Alors, le temps est passé.

Exactement six mois après sa naissance, Victor avait un petit virus, tomba dans la fièvre et ses parents, inquiets, l'emmenèrent immédiatement à l'hôpital municipal du siège de sa municipalité de Cimbres. Le voyage à cheval a pris trente minutes et quand ils sont arrivés à la destination, ils sont entrés dans une pièce et attendent une heure. Ensuite, le garçon a été enfin remédié à une pièce, restant sous observation. Un des parents a été autorisé à rester avec lui. Ils ont choisi Filomena parce qu'elle était sa mère et plus intime avec lui. À un moment, les infirmières sont venues et ont suggéré que Filomena sortent un moment, se reposer et se nourrir. Elle accepta la suggestion mais au moment où elle allait prendre sa retraite, Victor a beaucoup agité, pleuré, crié, et dans un effort sur l'homme pour son âge, il cria son premier mot :

« Mère !

La scène a excité tout le monde, surtout Filomena d'avoir la grâce d'entendre son nom prononcé par son bébé qui pensait qu'elle était malade. Dans un élan, il l'embrassa, l'embrassa et promit toujours être à ses côtés, dans les bons moments et dans les mauvais moments. Avec ces mots, le garçon s'est calmé, se détendu et s'est enfin endormi. Filomena profita et laissa un peu, nourri, parla à son mari et revint à la salle d'observation avant de se réveiller. Tu as passé le reste de la nuit avec lui L'autre jour, quand il s'est levé, il a été libéré de l'hôpital et seulement alors il a été possible de retourner à la maison. Avec cela, ils continueraient dans leur vie simple mais heureux.

1.6-Enfin, debout

Le temps passait un moment. L'hiver est venu, il pleut beaucoup et la famille Torres, dans la personne de Jilmar, plaça leur tondeuse, plantant les principaux produits alimentaires de base tels que les haricots, le maïs, les patates douces, le manioc, la pastèque, les citrouilles, le melon, le melon, etc. Avec trois mois à aller, le maïs et les haricots pourraient déjà être récoltés. Avec le bénéfice, ils auraient leurs besoins fondamentaux pour au moins un an. Relate le garçon, il grandit en vue, commença à ramper et son père était occupé à l'emmener d'un côté à l'autre pour lui apprendre à marcher. Il avait déjà fait deux tentatives, mais les deux ont entraîné l'échec, le garçon avait pris deux chutes et ensuite, il était plus prudent et ne ferait qu'une fois de plus quand le garçon était prêt.

Un an après sa naissance, Victor tenait déjà sur les murs, et quand il devint un peu plus ferme son père se tenait devant lui et l'appelait. Même incroyable, le garçon risquait : Il faisait un pas, deux, et quand il s'attendait le moins, marchait fermement, approchait et embrassa son père, appelait son nom. C'était la première réalisation de beaucoup de ce pauvre garçon mais béni de Dieu et plein de cadeaux. L'avenir était maintenant entre vos mains. Est-ce que cela se réaliserait même dans un temps si plein de misère, d'injustice, et si retardé culturellement ? Continue, lecteur.

1.7 Visite de la famille

L'événement qui a causé les premiers pas de Victor sur ses pieds et seul s'est produit le matin. Après avoir célébré le fait, Jilmar est allé s'occuper de ses devoirs dans le courant et Filomena a commencé à remplir ses obligations aussi qui consistaient à nettoyer la maison, à préparer le déjeuner et à garder un œil sur Victor. Avec l'effort des deux et heureusement, tout allait bien.

Un certain temps passe, il approchait midi, Jilmar revient chez lui et trouve tout en ordre. Comme il avait faim, il se rend directement à la petite cuisine, salue sa femme et son fils, assis à la table, est gentiment servi par sa femme et commence à goûter à son assaisonnement toujours attrayant, composé de haricots, de farine, de viande solaire complétée par des fruits sauvages typiques. Tout basique, mais très goût.

Jilmar, il tire la conversation avec son bien-aimé.

« Et puis femme, dites-moi la nouvelle. Que l'a appris d'autre ?

« Comme d'habitude. Comme tout garçon de ton âge, tu as touché tout en ton pouvoir, et je veux éviter un plus grand désastre t'a donné quelques fessées. Heureusement, il suffit de se calmer. (Filomena)

« Avoir plus de patience femme. Il est toujours un bébé. Bien sûr, si nécessaire, nous vous appliquerons un caché Mais il est encore tôt. (Jilmar)

« Parler est facile. Tu n'es pas celui qui doit rester en arrière et courir après qu'il évite quelque chose de pire. La patience a une limite et je dois toujours m'occuper de mes obligations. (Filomena)

« Je comprends. Je vis entre vos mains la tâche de l'élever. Ne le surfais pas. J'ai été très occupé ces temps-ci, travaillant pour tout le monde. Les os de l'embarcation. (Jilmar)

« Je sais, et je ne te critique pas pour ça. Quelqu'un doit mettre de la nourriture dans la maison. Au contraire, j'apprécie votre dévouement à cette famille et de me rendre si heureux. (Filomena)

Les larmes coulent le visage de Filomena et l'émotion domine le moment. Jilmar arrête la nourriture, l'approche, l'embrasse et l'embrasse. Dans une impulsion, Victor approche aussi et le câlin devient triple. Il y avait une famille de batailles qui étaient prêtes à faire face à tout type de défi et à accomplir malgré toutes les difficultés imposées à l'époque. Quand le câlin se termine, ils se séparent un peu et Jilmar continue à faire son repas. À la fin du déjeuner, Victor se sent endormi, Filomena le met à dormir et les couples apprécient un peu de repos et de rendez-vous. Peu après, l'après-midi commence.

Vers trois heures de l'après-midi, quelqu'un frappe à la porte, ils sortent du lit, et ils vont répondre. Lorsqu'ils ouvrent la porte, ils ont une agréable surprise : ils étaient les cousins les plus proches de Filomena, Angelica et Bartolomé qui se sont cérémonieusement invités à entrer. Après les salutations initiales, ils s'assoient sur les tabourets disponibles et commencent une bonne conversation, expliquent la raison de la visite (anniversaire d'un an de Victor), et enfin livrent les cadeaux. Le couple remercie Victor se réveille avec le mouvement, apparaît dans la pièce et reçoit l'affection des cadeaux. En tant qu'hôtesse, Filomena préparera une collation pour les visiteurs pour remercier tant de bonté. Quinze minutes plus tard, reviens avec tout prêt. Les visites sont servies et la conversation se poursuit sur toutes les nouvelles de la région. Après le snack, ils retournent à la pièce et la conversation continue, chacun parlant un peu de leur vie. Jilmar dit au revoir pour s'occuper d'un peu. Angelica et Bartolomé continuent avec Filomena. Quand le coucher de soleil, on dit au revoir, on fait un câlin au jeune Victor et on part enfin. Ils promettent de revenir un jour de plus. Jilmar rentre chez lui, attend le dîner est prêt, les aliments, la lampe est allumée, et deux heures plus tard, ils vont dormir sans divertissement et option de loisirs. Leur routine de combats et de vaincre se poursuivrait les autres jours.

1,8-La période de deux ans

Avec chaque jour de passage, Victor grandit dans la stature et la sagesse étroitement accompagnée de ses parents. Cette période a été cruciale et fondamentale dans la fixation des valeurs pour n'importe quel individu et pour cette raison, Filomena et Jilmar, ont lutté pour donner une bonne base d'éducation pour la même raison. Avec chaque feuille de son, la même chose fut corrigée et même sans avoir une conscience exacte de ce qui se passait le même absorbé le savoir. C'était deux ans, et il était inscrit à l'école.

Le moment actuel de la famille Torres était l'un de la stabilité. Ils continuent de vivre dans l'agriculture à leur petite place et les bénéfices de la faucheuse étaient suffisants pour les maintenir des bases. En plus de la tondeuse, Jilmar a gagné un changement de travail loué aux voisins de la terre et Filomena, a fabriqué des dentelles et élevé certains animaux comme les poulets, les canards, les dindes et les moutons qui ont aidé à la subsistance. Ils n'étaient pas riches, mais ils n'avaient pas faim comme avant. Ils étaient toujours heureux, ce qui était le plus important.

Un jour, bonne nouvelle : Filomena pensait qu'elle était enceinte de son deuxième enfant. Bien que cela signifiait plus de dépenses, le fait a été célébré comme jamais. Ce serait merveilleux pour Victor, distraire-le dans les jeux, dans les aventures et l'aider à grandir encore plus. Elle renforcerait encore l'identité d'une telle famille en difficulté et en souffrance. La famille Torres.

1,9-Le premier jour à l'école

Le mois de février commence et avec lui la période scolaire Le jour prévu pour le début, Filomena tenta de réparer son fils Victor de la meilleure façon possible et quand il était prêt, les deux partirent ensemble pour la maison de Genoveva, où le groupe scolaire opérait improviser. La résidence se situe sur le côté de la route principale de terre, qui se dirige vers le quartier général de la municipalité. De la maison de Filomena à la sienne, il y avait quarante minutes debout, et ils devaient faire ce voyage tous les jours. Cependant, il vaudrait la peine de connaître et de s'assimiler.

Avec la pensée précédente, les deux marchent le long de la route boiteuse et à un moment arrivent sur la route principale. Sans obstacles, les deux accélèrent leurs pas, rencontrent d'autres enfants et adultes qui partent aussi pour l'école et décident de marcher ensemble. Pour être distraits, les adultes parlent un peu et transmettent à leurs enfants des instructions qu'ils semblent comprendre malgré leur jeune âge.

La promenade continue. Peu après, les jeunes enfants se sentent fatigués et les parents sont forcés de les porter. Mais pas pour longtemps. Dix minutes plus tard, ils approchent de l'école rurale du site de Fundão et quelques pas d'autres arrivent devant elle. Il fait l'appel des inscrits, répondent, et sont envoyés dans une petite pièce avec des portefeuilles. Au total, seize (le nombre d'étudiants dans l'étude primaire cette année-là). Les parents restent en dehors de ça.

Comme il y avait quatre élèves avec quatre élèves chacun, elle devait préparer une classe différente pour chaque groupe et commença avec la classe de Victor qui représentait la première classe, pas encore littérée. Il a pris quatre plumes et quatre cartouches et comme il leur a appris à manipuler ces instruments d'écriture, il a montré les lettres de l'alphabet. Comme ce n'était que le premier jour, aucune demande n'a été faite aux élèves à moins qu'ils n'accordent attention à ce qui était assez difficile parce qu'ils étaient petits enfants qui n'étaient jamais éloignés de leurs parents. Mais tout cela a été pris en considération malgré la rigidité de l'enseignant. Les quarante minutes de classe attendues se sont écoulées rapidement sans complications majeures. Dans la séquence, la leçon d'une autre série a commencé, mais celles des premiers devaient aussi y assister. Et ainsi de suite.

Tout s'est bien passé en classe jusqu'à ce qu'un quatrième grade rate une question de base et Genoveva, en utilisant l'autorité que les enseignants avaient à l'époque, l'échantillonnait en utilisant la fessée. Cela suffit pour effrayer les petits, y compris Victor, qui ont commencé à appeler leurs parents avec insistance. Pour contrôler la situation, Genoveva Garcia a terminé la classe d'exposition et a emmené tous les élèves à la nature, une forêt près de chez lui, enseigné la faune et la flore, les a emmenés au balayage qui était très proche de sa maison et mis les garçons dans la poignée d'animaux. C'est comme ça que j'ai résolu les problèmes. Quand le temps vint, ils retournèrent dans la pièce, les virèrent, les petits enfants furent remis à leurs parents qui attendaient encore dehors, et ils retournèrent tous à la maison. C'est comme ça qu'une école sur le site de cette époque travaillait et Victor devrait y aller tous les jours.

1.10-Le premier battement

Le temps a été un peu devant. Dans la famille Torres, tout passait par la routine habituelle normale : le travail de Jilmar en agriculture et Filomena à la maison, Victor va à l'école, les blagues, les antiques et sa croissance dans les yeux. Tout m'a amené à croire que tout allait bien, mais tu ne sais jamais ce qui pourrait arriver.

Une phase difficile commence dans la vie du petit Victor, ses cadeaux spéciaux commencent à surface, ce qui inquiète beaucoup ses parents. Ils l'emmènent chez un sage. À l'époque, on leur dit de ne pas s'inquiéter parce que c'était absolument normal et qu'il apprendrait à contrôler ce pouvoir et à l'utiliser à son avantage. C'était un don du destin et pas une malédiction comme ils le pensaient.

Chaque jour, Victor en apprend un peu plus sur l'autre monde : Il avait des amis invisibles, parlait aux anges et aux messagers, reçut des messages sur son avenir et de son descendant ultérieur. Tout était trop nouveau pour lui et, après l'avis de ses parents, il n'a dit ses secrets à personne. Bien que cela soit absolument normal dans la lignée spirituelle de sa famille, une lignée de voyants.

Le problème était son inexpérience, et souvent il ne pouvait distinguer la bonne compagnie des mauvaises. Un jour, guidé par une voix intérieure, on lui a suggéré de jeter la nourriture parce qu'elle serait contaminée par de mauvais liquides. Innocent, il se laisse emporter et accomplir l'acte sous la surveillance de sa mère. Il a dit que c'était pour l'amour de tout le monde.

Instigué par la colère et le cœur brisé parce que c'était la seule nourriture disponible de la journée, Filomena prit la sangle et lui donna quelques coups de fouet, peu mais fermes. Il pleura, criait, blasphémé, mais reconnut qu'il le méritait malgré son jeune âge L'acte lui suffit de prendre un bain avec du sel dilué dans l'eau pour soulager ses douleurs. Aide par sa mère, un peu désolée, il a été emmené au lit pour se reposer. C'était une leçon douloureuse, et il ne ferait certainement pas la même erreur deux fois.

1.11-La naissance du deuxième enfant

Neuf mois sont passés. Comme la dernière fois, les douleurs de la naissance de Filomena commencèrent soudainement, et heureusement, c'était l'heure du déjeuner et son mari était à la maison. Il a quitté la maison, il a monté son cheval et est allé chercher la sage-femme. Trente minutes plus tard, il revient avec la même sage-femme qui a aidé à accoucher Victor qui s'appelait Grace, juste à temps. Filomena fut emmenée dans sa chambre et la sage-femme assistée par Jilmar, amena à la vie le second fils du couple encore sans nom. Ils ont mis le bébé dans le panier, laissé la mère se reposer, quitté la chambre, Jilmar paya la sage-femme, la remercia, elle dit au revoir et enfin parti.

Une heure plus tard, Jilmar appelle Victor qui jouait tout le temps dehors, et ensemble ils entrent dans la pièce où le bébé et la matriarche familiale ont été trouvés. Ils entrent dans une scène merveilleuse : Filomena, avec le bébé sur ses genoux, l'embrassant et le bénissant. Ils s'approchent, se font émotionnellement, et ensemble ils font un câlin quadruple. Ce moment dure assez longtemps pour qu'ils ressentent le grand amour qui les unit. La famille Torres était exceptionnelle.

Quand le câlin se termine, ils s'asseyaient sur le lit près d'elle et commencent une conversation.

« Alors, femme, savez-vous quel est votre nom ? (Jilmar)

« Je viens de décider. Ça s'appellera Raphaël, comme l'ange qui nous protège toujours (Filomena)

« Rafael. Qui est-ce ? (Sorts Victor)

« C'est ton frère. (Filomena)

« Et qu'est-ce qu'un frère ? (Victor)

« Frère est le fils du même père et de même mère. (Explique avec patience Jilmar)

« Oh, oui. (Victor)

Le Victor intelligent donne un baiser à Rafael et quitte la pièce pour jouer dehors avec son cheval imaginaire. Pendant ce temps, Jilmar et Filomena continuent d'échanger des idées.

« J'ai peur qu'avec l'arrivée de Raphael, Victor se sente jaloux et essaie de faire quelque chose de stupide. Tu sais à quel point il est tempéré (Filomena)

« Ne vous inquiétez pas. C'est juste un gosse bien naturel. On savait comment l'élever. Fais attention. (Jilmar garanti)

« Tu as raison. Notre fils est spécial, a un don, et nous devons toujours être à ses côtés pour guider. J'espère qu'il suit ses traces. (Filomena)

« Ce n'est qu'à suivre la même formule de création qui n'a pas d'erreur : enseigner les préceptes, les valeurs du bien, corriger les échecs, donner des exemples, vous encourager à toujours aider les autres. En parlant d'enfants, quand allons-nous avoir le prochain ? (Jilmar)

« Pas question. Même si j'aime les enfants, je veux seulement en avoir deux. C'est beaucoup de travail et n'essaie même pas de me convaincre autrement. (Filomena)

« C'est bon. Nous éviterons d'avoir de nouveaux enfants autant que possible. Je ne suis pas d'accord, mais j'accepte ta décision. (Jilmar)

« Merci de l'intelligence, de l'amour. (Filomena)

Filomena met le nouveau-né Rafael dans le panier donne un baiser et un câlin à son mari. Deux êtres dépendaient d'eux pour grandir, former des hommes et gagner dans la vie, malgré toutes les difficultés du temps. De plus, ils devraient toujours nourrir la relation d'amour et d'affection pour qu'ils récoltent le bonheur complet.

Après le baiser et les câlins, ils se stimulent, ferment la porte de la chambre, et profitent du temps libre pour sortir et faire l'amour, quelque chose qu'ils n'avaient pas accompli depuis longtemps. Après l'acte consommé, ils se reposent un peu plus longtemps. Après, Jilmar se lève et va prendre soin de la maison, du dîner et du garçon intelligent qu'il avait. Je resterais quinze jours à ce rythme (jusqu'à ce que la femme se soit rétablie et ait des conditions) parce qu'il n'y avait personne proche de lui pour les aider.

Le temps passe et l'après-midi est terminé. Victor entre dans la maison, le dîner est prêt, les hommes de la maison se nourrissent, emmènent la nourriture à Filomena, apprécient encore la beauté de Raphaël, allument la lampe, prépare des plans pour l'avenir et quand ils se sentent fatigués, décident de dormir. Les prochains moments seraient importants dans la vie de tous ceux qui faisaient partie de la famille.

1,12-Trois ans de plus sont finis.

Le temps avance. La famille Torres est dans la même étape financière que toujours : Il vit seulement de l'agriculture familiale, ce qui lui donne quand l'année est suffisamment bonne pour survivre. C'était la seule option de survie pour tous ceux qui vivaient dans cette région, sauf les agriculteurs qui avaient plus d'options de revenu. Dans les autres éléments, certains changements : Victor et Rafael ont grandi comme jamais et contrairement aux peurs de leurs parents étaient très proches, ils s'entendaient très bien. Ils ont tout fait ensemble: ils jouaient, allaient à l'école (l'un était en premier et l'autre en quatrième, ils ont arrangé des amis, sauf parfois quand il y avait de petits désaccords mais qui se résolvaient bientôt; les parents étaient présents quelques fois, habituellement dans des événements importants; les connaissances et les rares voisins n'étaient vus que dans des événements sociaux ou des promenades du week-end, mais en période de troubles, le couple ne pouvait compter sur eux-mêmes; les élites continuaient à dicter le cours de tout, une marque du colonialisme du temps au nord-est; et les cangaceiros, connus comme des bandits, étaient vus par certains comme des héros parce qu'ils représentaient la lutte d'une souffrance et d'une injustice.

Même avec tout cela, la famille a continué à marcher en paix. Jilmar, en tant que patron, ferait tout ce qu'il pouvait pour assurer que ses enfants et sa femme avaient la sécurité nécessaire pour progresser et gagner, ce qui n'était pas possible dans sa journée il y a quelques années. Jusqu'à présent, il remplissait très bien son rôle. Je ne serais pas satisfaite que lorsqu'ils étaient mariés et mariés, seulement pour me reposer. Je me demande si je pourrais le faire. Continue, lecteur.

1.13-Quelques expériences intéressantes dans la vie des deux frères

1.13.1-L'affaire de sirène

Le temps avance un peu plus de temps. Pour le moment, Victor a huit ans et son frère Rafael, cinq ans. Ils restent amis comme ils étaient autrefois et ensemble, ils mènent diverses activités. Parmi eux, ils aidèrent dans les balayés, même si petits, aimaient la pêche, jouaient avec leurs amis et allaient se baigner dans la rivière, etc.

Un jour, les deux jouaient devant sa maison, quand Victor avait une idée géniale et décida de la transmettre à son petit frère.

« Rafael, mon petit frère, je me suis souvenu de quelque chose d'impressionnant, et je veux vous montrer.

« Qu'est-ce que c'est ? Si c'est comme cette histoire de poisson parlant, tu peux abandonner. Je ne crois plus aux grands contes.

« Non, cette fois-ci, je garantis absolument que c'est vrai. Allez, tu ne le regretteras pas.

Cela dit, Victor attrape son frère Rafael par le bras, et ensemble ils courent désespérément dans la direction centrale du site. Filomena, qui était proche, les conseille de faire attention, mais ils étaient déjà loin et n'entendent pas leurs avertissements. En route, ils entrent dans les bois, s'écartent du sentier en pliant à droite, et ont accès à un verger. Ils crient, secouent la poussière, grimpent plusieurs arbres, accrochent sur les branches comme s'ils étaient des singes et savourent leurs fruits divers Vous passez beaucoup de temps à profiter de ces moments heureux

Anxieux et fatigué de tant d'euphorie, Raphaël demande quand ils iraient à la rivière et Victor répond qu'immédiatement parce qu'ils pouvaient trouver des figures indésirables et légendaires de la forêt sauvage que le Saci-Pererê, le loup-garou, le mule-tête, les caboclinhas ou les curupira entre autres, et que la même chose avec leurs dons sensoriels ne serait pas sauvée. Incrédule, Raphaël demande s'ils existent même et comme une réponse entend tout ce qui est possible. Sans plus de questions et convaincus qu'ils le voulaient, ils descendent le pied avant le pied, dans laquelle ils étaient pendus et quand ils arrivèrent au sol, ils retournent la direction initiale cherchant le sort : le fleuve fusionne.

Aidé par leurs expériences et leur agilité, les deux garçons avancent rapidement sur le parcours malgré tous ses obstacles naturels comme les rochers, les épines et le sol dur et sec. Reposez-vous. Qu'est-ce qui était si intéressant que Victor voulait partager avec son ami aimé ? Peut-être que c'était quelque chose qui ajouterait quelque chose de significatif à sa vie, qui le distrait ou même une grosse blague. Après tout, ce n'était que des enfants et n'avaient rien à s'inquiéter ou prendre au sérieux, contrairement aux adultes. On est presque à découvrir. Allons-y ensemble, lecteurs.

Sur tous les obstacles, les frères Torres arrivent finalement à la petite et mystérieuse rivière de la localité après 30 minutes de marche. À son arrivée, Rafael n'a pas résiné et a demandé :

« Où est ce que tu voulais me montrer ?

« Dans un peu de temps, il apparaîtra. C'est une histoire que notre père m'a racontée et c'est ceci : Dans cette rivière, habite une sorte de créature magique (moitié et demi-poisson) qui utilise son chant pour attirer les hommes, surtout les pêcheurs. Quiconque entend ton chant ne revient jamais chez toi.

« Mais la sirène n'existe qu'en mer, idiot.

« Bien sûr, je le sais. Cependant, notre père a dit que c'est l'un des types qui n'existe que dans les rivières.

« Et si elle utilise son pouvoir pour nous attirer ?

« Il n'y a pas de danger. Elle chante seulement pour les adultes. De plus, les anges qui protègent les petits enfants sont toujours à vos côtés, les protégeant. Regardez : La mienne et la tienne sourient maintenant et bénissent-nous.

Rafael a l'air partout, mais comme il n'avait pas de cadeaux extrasensoriels que rien ne peut voir. Tu as un peu peur, et tu te calmes. Reprends la conversation.

« Quand le bug apparaît, que vas-tu faire ?

« Je vais la regarder rapidement, crier et courir.

« Moi aussi.

Le temps passe un peu plus longtemps, Victor et Rafael attendent, attendent... Cependant, même après deux heures, rien n'est arrivé anormal. Ils n'entendirent aucun mouvement dans l'eau autre que les piabas (petits poissons), aucun bruit n'a été entendu et aucune figure n'a été visualisée par les deux.

Fatigué d'attendre, Rafael demande à son frère :

« Où est ta célèbre sirène ?

« Vous verrez qu'elle est allée.

« Je sais ce qui s'est passé : Notre père est le plus grand menteur au monde, et je suis le plus grand fou à croire aux histoires de sirènes fluviales. J'arrive !

« Attends, j'arrive aussi.

C'est le cas de la sirène qui n'avait rien d'autre qu'une mauvaise interprétation de Victor trop attachée aux croyances. Ou peut-être que c'était vrai et qu'ils n'ont pas eu la chance de la rencontrer le jour. Tu vas savoir. Pour l'instant, ils abandonnent l'idée de la retrouver et de rentrer chez eux. Ils prennent environ la même période, ils réunissent leur mère, et elle prépare un snack pour récupérer leurs énergies dépensées. Papa n'est pas encore rentré de la ferme. C'était une journée intéressante d'échanges d'idées entre les deux frères.

1.13.2 Le trésor caché

Par un beau jeudi après-midi ensoleillé en août 1909, Victor et son frère Rafael ont joué comme d'habitude dans la cour arrière de la maison. À un moment donné, ils en ont marre d'une blague et commencent à se disputer sur le prochain plaisir.

« Que suggérez-vous, Victor, à propos de la blague ? (Raphaël)

« Laisse-moi voir... Je pense... (Victor)

« Que diriez-vous de ça ... ... (Raphaël)

« Maintenant parce que c'est trop ennuyeux. (Victor)

Tu as raison. Ça doit être quelque chose d'intéressant et différent. En plus d'être motivant. (Raphaël)

« Oh, je sais ! Je viens de me souvenir d'une vieille histoire qu'ils m'ont racontée. C'est l'histoire d'un pirate et son trésor connu est caché ici dans le lieu, dans son voisinage. Cependant, malgré tous les efforts entrepris, ils n'ont jamais réussi à le localiser. Et si on jouait à la chasse au trésor ? Même si c'est juste une histoire, on est un peu distraits.

« Ok, mais pourriez-vous me raconter en détail cette histoire avant de commencer ?

« Oui. La légende dit qu'au XVIIe siècle, un vieux Corse français a fait une erreur sur la côte de Pernambouco et a été sauvé par des autochtones qui lui ont fourni un abri et de la nourriture. Avec le temps, il gagna leur confiance, a appris sa langue, se fait des amis et finit par rejoindre un bel Indien de la tribu. Il avait aussi accès à des cérémonies et un jour découvert que les ornements utilisés étaient en or pur. Le fait grandit son ambition et, à partir de là, il commença à s'efforcer de découvrir l'origine des pierres précieuses. Après avoir pu, je fuirais et vivre une vie sans privation. Avec son expérience, il trompe la femme, connaissait l'endroit exact et commença à planifier le vol et à s'échapper. Comme la fête du culte des esprits forestiers a été prévue trois jours plus tard, elle a décidé que c'était le jour approprié. Et ainsi, il l'a fait. La nuit, autant de sommeil épuisé, il quitta sa cabane avec son coffre, entrera dans la forêt fermée et, comme il connaissait bien la région, trente minutes plus tard, il arriva à l'endroit exact, une grotte. Il entre directement et après les données que sa femme avait transmises, trouva la mine. Il rassembla ensuite autant d'or que possible, remplit sa poitrine, quitta la grotte et entreprit un voyage vers l'intérieur de la province, indépendamment de sa femme, de l'affection et de l'hospitalité des autres membres de la tribu. Marchant et reposer, il traversa les municipalités de la zone forestière et une grande partie de la nature jusqu'à arriver exactement ici, où je suis né (deux cent quatre-vingt-cinq ans plus tard). À ce moment-là, il était épuisé et donc, à un moment donné, arrêta l'ombre d'une noix de coco pour se reposer. Il se détend, appuya contre son torse et commença à siester. Du haut de l'arbre de coco, quelque chose s'est cassé, mais ça ne suffit pas pour le réveiller. Pire pour lui parce qu'en quelques minutes, un serpent de corail descendit de l'arbre, commença à errer sur son corps et avec son mouvement, la même réveillée finalement. Frayé, essayé de prendre le serpent, manqué le bateau et l'ophidien se défendait sous forme d'une morsure. C'était sa fin parce qu'il n'y avait rien pour le sauver du poison. En colère, il a tué l'animal et a rapidement pensé à un moyen de cacher sa fortune parce que s'il n'en profitait pas, personne ne le ferait non plus. Alors, il l'a fait. Il rassemblait ses dernières forces et mourrait déjà, il trouvait le bon endroit, creusait un trou et enterrait son trésor. Une fois la mission accomplie, elle est expirée. Cependant, son âme a été piégée là parce que, comme l'expression dit : « Vous resterez là où se trouve votre trésor. »

« Très intéressant. J'ai aimé. Ouvrons la chasse au trésor !

« Bien, bon, bon, bon, bon, commençons tout de suite.

« Par où commençons-nous ?

« Cherchons quelques panneaux sur des points stratégiques du site.

« Si vous étiez un pirate, où cacheriez-vous votre trésor ? »

« J'aurais deux alternatives : le cacher dans un endroit pratiquement inaccessible et troublé ou le stocker dans un endroit où il est facile d'accéder et de localiser, si facile que personne ne l'aurait imaginé y être enterré.

« C'est génial. Que suggérez-vous ?

« Je pense que la première option est plus probable. A l'endroit, il y a beaucoup de cachets. Peut-être que dans l'un d'eux, il est possible que nous trouvions un indice qui nous mènera à atteindre notre objectif.

« D'accord. Et si on commençait par ici ?

« Approuvé. Allons-y !

Les deux, avec pelles et houes, ont commencé la recherche, traversant des sentiers tortueux, tout autour du site. Cependant, malgré leurs efforts et le passage du temps, ils n'ont rien trouvé d'important. Ils allaient abandonner. C'est là que Victor a eu une idée géniale :

« Je sais déjà. J'ai découvert l'énigme !

« Vous n'avez pas la moindre idée de quoi ? De quoi tu parles l'année dernière ?

« Motif. Selon les anciens, cette bande a été ouverte il y a des siècles. C'est là que les Corses ont passé.

« Bien sûr. Quelles autres conclusions avez-vous tirées ?

« Ils disent aussi que j'étais au bord de la mort. Alors, quel serait le lieu le plus approprié pour un monsieur mourant de cacher ce qui était le plus important ? Certainement, le premier endroit qui pourrait abriter une telle fortune.

« Magnifique ! Génial ! D'après ce que je comprends, maintenant nous passons juste à partir du début du chemin au bon point.

« Merci, merci. Mon intuition a aidé. Continue.

Victor et Raphaël reprônèrent le sentier, regardant de près les environs pour trouver l'endroit exact du trésor et qui posent l'âme tourmentée du Corse. Ils ont fini par trouver une petite grotte et ont décidé de commencer la recherche.

Même craignant l'obscurité, les animaux empoisonnés, et les âmes, les deux y pénètrent, avancèrent dans les galeries, et à un moment, ils prirent quelque chose, qui les fit arrêter. Même avec la faible lumière, ils découvrent un crâne et avec la peur, quittèrent immédiatement la grotte située dans le centre nord du site. Déjà dehors, ils ont commencé à dialoguer :

« Nous devons retourner et continuer à chercher le coffre. Je crois qu'on est proches. (Victor)

« Tu as raison. Ce crâne doit appartenir au cordon. (Raphaël)

« Brillante déduction, Rafael. Si c'est vrai, alors la poitrine doit être enterrée juste sous sa carcasse parce qu'elle était faible et affaiblie.

« Peut-être.. Reprenons notre courage, retournons à la galerie et creusez un trou dans la place dès que possible.

« Défi accepté. Allons-y !

Prenant la décision, rapidement, les deux entrent dans la galerie de la grotte, et un moment plus tard atteint le même point où ils étaient. Avec les instruments, ils portaient et aidèrent par leurs petits bras, ils commencèrent à enlever le pays du site. Après une certaine période, ils ont frappé une surface dure qui a provoqué des cris des deux :

"Wow ! C'est l'or !

Ils ont enlevé plus de terres, et peu après, ont retiré un torse du trou de satisfaction. Ils l'ont réalisé et quand ils l'ont ouvert, ils ont visualisé d'innombrables pierres d'or. Cependant, Victor, avec son ingéniosité et peu d'expérience, était triste et fermait la poitrine. Il a expliqué à son petit frère :

« Ce n'est pas de l'or réel. C'est l'or de l'idiot," dit-il.

« Êtes-vous certain ? On a beaucoup travaillé. (Raphaël)

« Oui. Je crois que l'or réel brille bien plus que cela parce que j'ai eu l'occasion de voir une pièce sur le cou d'un propriétaire de la ville.

« Quel dommage ! J'avais tellement d'espoir de changer ma vie.

« Ne vous inquiétez pas. Nous valons nos œuvres et notre éthique, pas de métal vil. Même sans lui, nous serons heureux.

« Tu as raison.

Bas et déçus, ils ont enfoui la poitrine à nouveau au même endroit. Ils ont quitté la grotte, se sont rendus chez eux. Ils continueraient leur vie normale, en ce qui concerne les difficultés et les procès, mais avec leurs parents, ils resteraient une famille unie spéciale. La famille Torres.

1.13.3-Une autre blague

C'est l'année 1909, le mois de septembre et la famille Torres poursuit avec leur saga dans le Pernambuco sauvage, en particulier sur le site Fundão, zone rurale de la municipalité de Cimbres (Pesqueira actuelle). Jilmar, chef, s'occupait du travail au moment de la récolte et en dehors de la saison, il était en train de jeter d'autres terres. L'agriculture était la seule chose qu'il savait faire parce qu'il n'avait pas la possibilité d'avoir une éducation. Le même cas de sa femme Filomena qui, parce qu'elle était une femme travaillait comme femme au foyer et fabricant de dentelles. Les deux étaient démunis quand ils se mariaient et restaient humbles et heureux. Les enfants du couple, Victor, neuf et Rafael, six ans, ont continué à être un exemple de compagnie et d'amitié, bien que des désaccords se produisent parfois entre les deux. Mais c'était tout à fait normal dans n'importe quelle relation.

Un jour, devant la maison, les deux jouaient un garçon masqué. Cependant, après les trois matchs, ils se sont fatigués. Ils ont décidé d'arrêter. Ils ont mis sur l'herbe (à côté) et se sont endormis. Après l'éveil, Rafael s'est de nouveau agité et a tiré la conversation avec son frère Victor.

« Et si on faisait une autre blague ?

« C'est bien. Avez-vous des suggestions ?

« Oui Et si on se pendait d'un arbre à l'envers pour voir qui pourrait durer le plus longtemps ?

« C'est une bonne idée. Mais je pense que c'est trop dangereux. On le fera quand tu seras un peu plus grand. J'ai pensé à quelque chose : ne serait-il pas mieux de jouer à la roue, d'inventer des personnages en chemin ?

« Je ne suis pas d'accord. Je suis petit, et je n'ai pas beaucoup d'imagination. Je serais un idiot et, à la fin, tu serais comme,

« C'est bon. Laissez-moi réfléchir mieux alors..
....
....
....

Je sais, je sais. On jouera au flic et au bandit, quelque chose que nous n'avons jamais fait.

« Comment est cette blague ?

« Tu es le méchant, et je suis le flic. Tu cours, j'attends dix secondes et je te poursuis. Si je te rattrape, je te giflerai. Puis, dans la deuxième phase, on va tourner les papiers, et tu peux me rappeler.

« Ça a l'air bien. On n'a jamais vraiment fait ça. On peut commencer ?

« Oui.

Rafael est désespéré. Victor compte mentalement les secondes et quand il atteint le numéro dix, il tire aussi. Pour son âge plus âgé et son agilité, il atteint rapidement son frère, le prend, l'appelle un bandit, le frappe à terre et lui donne quelques gifles. Inintentionnellement, certains ont frappé Rafael avec violence et le font pleurer. Non réformé, Raphaël se lève, tourne le dos et crie vers l'univers entier pour entendre :

« Je ne suis pas un bandit. Je suis juste un enfant !

L'attitude de frère a bougé Victor. Des larmes poussées se sont écroulées, approchent-le, se serre-le, s'excuser de la brutalité et disent qu'il est critique dans sa vie après tout. La stratégie fonctionne. Il se remet et décide de cesser d'éviter d'autres embarrassements. Ils rentrent chez eux, se nourrissent, font d'autres activités de loisirs et, à la fin de la journée, ils pensent paisiblement aux aventures du lendemain. Le destin était en train de construire jour après jour.

1.13.4-L'accident

C'était St. La nuit de John de l'année 1910. Comme la tradition le dicte, la famille Torres prépare le feu de rose et tous les aliments typiques de cette période de l'année. Ils ont ensuite rassemblé toute la famille, offert déjeuner et dîner, mis à jour les conversations et sont finalement allés allumer le feu devant la maison.

Pendant une bonne période, ils rendirent hommage au saint, mangent des collations, faisaient des promesses, parlaient un peu plus et quand le feu de camp finissait de brûler, la plupart de ceux présents se couchaient. C'était juste Victor et Raphael, jouant autour du feu de camp. Victor s'arrête, et il tire la conversation avec son petit frère.

« Avez-vous commandé ?

« Non. Et toi ?

« Pas non plus. Et si on le faisait maintenant ?

« C'est bon. Je vais demander au saint de ne jamais manquer de nourriture pour les gens de l'intérieur du Nord-Est.

« Quelle demande difficile. Mais montre ton grand cœur. Pour ma part, je demanderai un plus grand contrôle sur mon don, le courage de faire face à l'adversité, être heureux dans mon avenir, et la prospérité et la santé pour toute ma famille Nous devons ratifier notre demande avec une grande action.

« Quel genre ?

« Pour démontrer notre foi et notre confiance en le saint, nous devons contester les lois physiques, comme le passage des braises du feu. Cependant, cela nécessite un peu de concentration. Tu viendras avec moi ?

« S'il n'y a pas de danger, allons-y.

Victor s'est promené au-dessus du feu de camp, un peu endormi, en sauts, et a réussi. Rafael, par inexpérience, était un peu plus long, et quand il est parti, il était en larmes. Le costume attirait l'attention de tout le monde. Filomena a dégoûté Victor, et tous deux sont allés essayer de soulager la douleur de son frère cadet. Ils ont utilisé de l'eau et heureusement les brûlures n'étaient pas si graves. Quand il s'est amélioré, il est allé se coucher. La leçon est également contenue dans la Bible : « Thu ne tempère pas le Seigneur son Dieu. »

1.14-La découverte de l'amour.

1.14.1-Premières expériences.

La routine de Victor, à l'âge de dix ans, inclut le travail dans le jardin en aidant son père le matin, l'après-midi à jouer avec son frère Rafael et parfois visite les voisins et les parents, principalement le week-end. Dans l'une de ces visites, elle s'approchait plus de Sara (Fille de son âge qui avait comme caractéristiques brunes, caractéristiques définies et délicates, corps mince et bien fait, cheveux noirs faits en serrures et était la fille du professeur Genoveva) et entre les deux commençaient à émerger un sentiment fort qui peut être appelé l'amour enfantin traduit en main, baisers sur le visage, câlins et la volonté mutuelle d'être toujours ensemble. Mais tout a été fait en secret parce qu'ils avaient peur de la réaction de leurs parents et ensemble, ils ont découvert ce sentiment merveilleux.

Après avoir découvert leur affinité l'un pour l'autre, ils se rapprochent et se retrouvent ensemble. Ils ont donc découvert un peu du monde et cette sensation si belle, bien que la précaution soit arrivée d'abord à cause des préjugés de l'époque. S'ils étaient découverts, et la séparation s'est produite, ils ne regretteraient pas l'expérience acquise. Leur chance a été jetée.

1.14.2-La réunion dans l'Église

Le début de la relation entre Sara et Victor était en pompe malgré quelques désaccords. Cependant, ces moments étaient surmontés par les logos. Après quelques départs, Victor a envoyé une lettre à livrer entre les mains de sa femme, par l'un de ses amis nommés Caio. La même chose est rapidement allée chez Sara, et à son arrivée à la destination, il lui parlerait. Sans méfiance, Genoveva appela la fille qui, quand elle assistait à Caio, reçut la note, remercia et dit au revoir. Elle cachait le journal, elle s'est enfermée dans la pièce et est allée le lire. Voici le contenu :

Bien-aimé Sara

Je voulais t'inviter à un rendez-vous avec moi pour être ensemble et parler un peu plus. Et si tu arrivais à l'église aujourd'hui à 16 h ? Même sans connaître votre réponse, et j'attends avec impatience cet endroit et le temps. Sincèrement, Victor.

Après la lecture, Sara pensait un peu et conclut qu'il ne ferait aucun mal à quitter la maison un peu et retrouver avec le doux garçon qui était le Victor. Il prévoyait la meilleure excuse à donner à sa mère, et à l'heure convenue, il quitta la petite chapelle du site, fondée par les Franciscains il y a deux ans.

Au moment exact, elle entra dans la pièce, et quand les deux se voyaient, ils couraient immédiatement pour une longue et douce embrase. À cette occasion, le frère était arrivé, les attrapa tous les deux, mais ne les reprit pas. Au contraire, il pensait que c'était beau et promis de garder ça secret. De l'Église, les deux partirent jouer en tant qu'enfants qu'ils étaient et se connaissent mieux. De temps en temps, un baiser sortirait. Dans ce climat, ils ont passé le reste de l'après-midi et pendant leur adieu, ils ont organisé une nouvelle réunion pour la semaine prochaine. Ce Bonanza resterait-il ? Continue, lecteur.

1.14.3-La brève période de séparation

Après la réunion de l'église, Victor et Sara resteraient séparés pendant environ une semaine pour s'occuper de leur vie personnelle et ne pas susciter l'attention des adultes concernés. Pendant cette période, Victor s'occupa des balayés, aida avec un peu de travail ménager, joua avec son frère Rafael, sortit avec des amis, se promena chez des parents. Sara aida sa mère à la maison, joua avec ses amis, est allé en ville et lire un livre. Mais ni ne laissait même un instant la mémoire des moments ensemble, bien que ce n'était rien de sérieux. C'était juste un sentiment pur et froid qui n'avait pas de soucis majeurs.

Les deux étaient prêts à continuer à vivre cette belle expérience, à travers laquelle beaucoup de gens passent, le premier regard sans compromis, la première coexistence et tout cela se produisant même dans l'enfance. Où les emmènerais-tu ? Ils ne soupçonnaient ni ne s'inquiètent pour l'avenir. L'important était de vivre chaque moment du présent intensément aussi unique ou comme si c'était le dernier.

1.14.4-Une date importante

Une semaine après la dernière réunion, Victor et Sara se rencontreront enfin à un événement social important pour tous ceux qui vivent sur le site Fundão. C'était la date de dix ans de la fondation de son école, l'école rurale municipale Plaisir d'apprendre. Présent depuis la fondation, le professeur Genoveva Garcia a organisé tout ce qui est aidé par sa seule fille Sara.

À la date et à l'heure convenues, Victor, accompagné de sa famille, est arrivé à la maison de son ancien professeur et de son bien-aimé Sara. Comme ils étaient connus, Victor et sa famille sont entrés cérémonieusement, saluèrent tout présent et s'assoient à l'une des tables fixées. Ils attendent un moment jusqu'à ce que le groupe de Fife arrive et commencent à applaudir la fête Puis les couples ont commencé à émerger pour la danse, d'autres invités arrivent, le mouvement est intense et quand tout le monde est distrait, Victor et Sara se rencontrent dehors. Quand ils se rencontrent, ils se câlinent, embrassent sur le visage, se tiennent la main et jouent. Ils inventent mille et un match, Rafael arrive, rejoint le groupe et vivent ensemble des moments passionnants.

Après avoir marre de jouer, ils parlent un peu de leur vie, et l'un continue à se transmettre les expériences les unes aux autres malgré leur jeune âge. Epuisé la conversation, ils retournent à la maison, pour profiter un peu des festivités. Ils intègrent leurs familles respectives, mangent un peu et s'amusent de la meilleure façon possible. Au final, ils disent au revoir et promettent de se revoir bientôt. Victor rentre chez lui avec sa famille et Sara va dormir. Continue, lecteur.

1.14.5-Le jour de l'Indien

Le temps passe un peu et arrive spécifiquement le 19 avril 1911, Jour des Indiens. Cette date est très célébrée dans la zone rurale de Cimbres (Pesqueira actuelle), y compris le site Fundão qui est proche de l'un des villages de Xucuru de la région, les premiers habitants locaux. À l'unanimité des chefs du village, une invitation ouverte a été envoyée à tous les résidents voisins pour assister à la tribu, afin de célébrer avec les peuples autochtones à cette date symbolique. De nombreuses familles du site Fundão ont accepté la proposition, y compris les familles Garcia et Torres. C'était une autre occasion de coexister entre Victor et Sara.

Deux heures avant l'heure convenue, les Torres et Garcia quittent le village, se rencontrèrent en chemin et restèrent en marche ensemble pour le reste du voyage. En route, ils ont échangé des expériences et des attentes au sujet de la réunion unique et inhabituelle qui les attendait. À quoi tu prendrais ces moments spéciaux ? Ils auraient certainement beaucoup à apprendre d'un millénaire qui sont les vrais propriétaires du Brésil. Et puis, ils avaient beaucoup à enseigner. Ce serait l'échange parfait entre les courses, bien qu'ils aient déjà beaucoup de contact au quotidien. Bientôt, ils poursuivirent le voyage sans inquiétude majeure.

Exactement à l'heure prévue, ils arrivèrent au village, entrent, furent accueillis par les hôtes et quand tout était prêt, la fête commença. J'avais tout : danses typiques, rituels religieux, musique, nourriture abondante, discours, jeux.

Victor, Rafael et Sara ont quitté les adultes en profitant pour se faire des amis avec le petit Indien. Victor, un peu éblouissant, démontra ses pouvoirs cachés qui grandissaient chaque jour Tout le monde l'a applaudi. Puis ils jouaient comme des enfants normaux. Victor et Sara étaient laissés seuls. Ils parlèrent, ont fait des plans, se tenaient la main sans susciter d'autres soupçons. Un instant plus tard, ils se réintégrèrent dans le groupe et continuaient à s'amuser.

Le soir, la fête s'est terminée, les visiteurs ont remercié et ont dit au revoir, et finalement parti. Ils ont pris la même fois en retour, s'arrêtant parfois pour le reste des animaux. Ils arrivèrent à la maison, Genoveva et Sara se disaient au revoir à Victor, et à la famille, et ils marchèrent un peu plus loin. Plus tard, ils rentrent aussi. Ils sont immédiatement allés dormir et Victor n'arrêta pas de penser à ses nouveaux amis et à la compagnie agréable de Sara. Ils auraient toujours des contacts ? La même chose s'en soucie, mais bientôt est surmontée par la fatigue du voyage. Le destin était jeté.

1.14.6- Le jour de l'indépendance

1.14.6.1 contexte historique

Le 7 septembre 1822, sur les rives de l'Ipiranga, un chapitre noir fut conclu dans notre histoire : domination politique portugaise. Depuis leur arrivée dans notre pays, les étrangers ont concentré leurs principales ressources sur la colonisation et non sur la colonisation. Ils ont tout fait

: ils ont asservi les peuples autochtones (les vrais Brésiliens), détruit une partie de notre faune et de notre flore, extrait nos minerais entre autres pertes. Ça n'a pris fin que ce jour.

Mais l'indépendance n'a pas été construite qu'en face de la rivière Ipiranga. C'était un processus lent et compliqué dont la participation était précieuse aux patriotes. Parmi eux, il convient de mentionner: Tomás Antônio Gonzaga, Claudio Manuel da Costa, Domingos Vidal da Costa, Joaquim José da Silva Xavier et Joaquim Silvério dos Reis (Conspiration Minas); João de Deus do Nascimento, Manuel Faustino dos Santos, Luiz Gonzaga das Virgens et Lucas Dantas (Revault des tailleurs); Antônio Carlos, José Bonifácio de Andrada e Silva, José da Silva Lisboa, Joaquim Gonçalves Ledo et Januário da Cunha Barbosa (articulateurs politiques, dont deux travaillaient dans des journaux maloniques et des magasins).

Et vous lecteur, on pourrait demander : Après ce jour, tout était réglé ? La réponse est non. Nous n'étions qu'en partie indépendants. Dans l'ensemble, tout était absolument le même : Nous continuons à dépendre de l'aide étrangère d'autres pays, maintenons une structure économique basée sur le travail esclave, et les élites ont pris le temps de prendre le pouvoir aux dépens des classes populaires. Résultat : Les révoltes qui ont été étouffées grâce au pouvoir dictatorial de l'empereur.

Même avec le passage des décennies et avec l'avènement de la République, nous avons encore des difficultés latentes dans notre développement économique-social parce qu'il n'était pas seulement le régime politique le problème, mais aussi un éventail de facteurs très complexes, notamment la corruption, l'accent peu mis sur la santé et l'éducation, la sécheresse, la discrimination dans ses divers aspects.

Nous pouvons dire que le cri d'Ipiranga n'était que le premier jalon d'un long processus d'évolution de notre société et nous sommes actuellement un exemple pour le monde pour notre économie, nos ressources naturelles, par notre force et notre nature, malgré les grandes inégalités sociales qui existent. Nous sommes le pays du présent et de l'avenir et il nous appartient de continuer à être fiers de notre terre.

1.14.6.2-Continuation de l'histoire

C'est le 7 septembre 1911. Traditionnellement, la date fut célébrée au siège de la municipalité Pesqueira avec une grande parade. Tous les personnages connus ou inconnus du site fondateur ont préparé pour le parti. Parmi eux, les familles du moment : Torres et Garcia. Après avoir préparé le corps, ils se sont rencontrés sur la route et sont partis ensemble (avec les membres montés à cheval). En route, ils ont rencontré d'autres familles, formant une grande procession profitant du voyage pour échanger des idées et apporter les dernières nouvelles à la récente. Ils sont restés à ce taux pendant deux heures jusqu'à arriver sur la place centrale de la ville.

À leur arrivée à la destination, ils rejoignent une foule qui attend la parade et le groupe. Quand elle est passée, tout le monde a suivi. Victor et Sara ont apprécié un moment de distraction des adultes et sont allés jouer et parler. Environ vingt minutes de coexistence passèrent, échangèrent des caresses et, à la fin de ce temps, décida de revenir à la procession. Ils ont continué avec leurs parents jusqu'à la fin.

Après les festivités, il y avait une collation rapide, il a remonté sur les chevaux et a repris leur chemin de retour. Ils ont pris environ la même heure en route, sont allés chez eux et reposent le reste de la journée. Ils ont rempli leur rôle de citoyens une fois de plus.

1.14.7-La tournée

Le temps passe un peu plus loin La fin de l'année arrive (1911) avec lui la suspension scolaire. À cette époque, Genoveva a une idée brillante pour offrir du plaisir et garder occupé les étudiants, les anciens et le personnel général du site Fundão : Faites une tournée dans un endroit spécial situé dans le site voisin, une grotte qui avait servi de logement pour l'homme préhistorique, mis en évidence par les traces de son passage (Cave Painting).

Et ainsi, il l'a fait. Il envoya les invitations et, comme il reçut l'aval, il embauchait les voitures. Quand vous avez atteint assez de gens, vous avez marqué la date et l'heure. Quand le jour et l'heure sont arrivés, tous ont assisté devant la maison du contractant (Genoveva). Les moyens de locomotion apparaissaient, courent et partaient. Ce dernier, coïncidemment, a été rempli par des membres de la famille Torres et Garcia. Comme ils le savaient, tout le voyage serait certainement rempli de conversations savoureuses et enrichissantes. Le temps s'est déroulé, les voitures et les gens ont affronté le soleil brûlant, la poussière gigantesque, les défis d'une route perdue, mais personne qui faisait le voyage se plaignait parce que le sort était assez attirant pour le rattraper.

Deux heures après le départ, un par un, les voitures arrivaient à la destination, au parking et aux passagers descendaient avec leurs sacs à dos respectifs. Quand ils arrivèrent tous, ils se rassemblèrent en groupes de cinq et entraient dans la grotte. Quand il arriva au tour du groupe composé des familles Garcia et Torres (Le dernier), ils ont eu l'occasion de voir plus calmement toutes les beautés de l'endroit composé de stalactites et stalagmites, de la nuit provoquant la pensée, des pierres, des sculptures et des formations de rock, en plus des tableaux d'hommes préhistoriques représentant diverses situations entre eux, chasse, sexe, religion, société, c'est-à-dire la culture en général. Ils ont passé environ une demi-heure à l'intérieur de la petite grotte.

En partant, ils ont fait un pique-nique avec des délices du nord-est et tous ont participé. Au moment où les adultes se sont distraits, Sara et Victor s'en sont tirés et sont allés jouer, échanger des caresses et parler. Le problème, c'était que ça les a pris longtemps cette fois. Ils ont été fouillés et découverts par leurs familles. Genoveva n'aimait rien, les poussa tous les deux, ne laissa pas partir de sa fille et termina la tournée. Ils sont ensuite retournés aux voitures et ont repris leur chemin de retour. Il fallait environ la même période pour aller, face aux mêmes obstacles. En arrivant sur le site, tout le monde dit au revoir et retourna chez eux, reposa un peu, s'occupa de leurs obligations et la nuit, s'endormit. Qu'est-ce que ce serait, à partir de maintenant, de la relation de Sara et Victor ? Continue, lecteur.

1.14.8-L'incompatibilité

Le lendemain de la tournée, Victor était anxieux et détraqué par la possibilité de se détourner de sa Sara bien-aimée. Après toutes les expériences vécues à côté d'elle, elle était devenue un garçon plus docile et conduit, quelque chose qu'elle ne voulait pas rater. Pensant au problème causé par la découverte des deux, il a fini par avoir une idée de trouver son bien-aimé : Envoyez une autre note de son ami Gaius, adressée à elle. Prenant la décision, assis sur le bord de sa petite table, ramassait le stylo et l'encre et écrivit quelques lignes brèves. Quand il finit, il chercha le jeune homme déjà mentionné et le trouvant, lui remit le billet et lui donna des instructions précises.

Immédiatement, Gaius est allé chez Sara, et avec ses étapes fermes et sûres, il ne fallait pas longtemps pour arriver. Il s'approcha ensuite un peu plus loin, frappa la porte de la maison, attendit quelques instants, la porte s'ouvrit, et fut assisté par Genoveva. Elle a demandé la raison de la visite, Gaius lui a dit qu'il voulait parler à Sara. Aucun moment même, Genoveva devint suspect et dit qu'elle n'était pas mais qu'elle pouvait s'installer pour elle. Par naïveté, Gaius lui remit la lettre et à gauche. Genoveva a profité de l'occasion. Il lisait tout le contenu et n'aimait pas surtout parce qu'il venait de Victor.

Genoveva réfléchit quelques instants et prend une action drastique : elle prit la note, imita les lettres de Victor, la remplaça par une autre. Il l'a emmené dans la chambre de Sara et l'a livré. Quand la lecture, la petite fille a eu un choc parce qu'elle n'a pas reconnu le garçon qui jusqu'à récemment s'amusait. Mais il n'avait aucun doute : il était lui-même Le contenu était le suivant :

Chère Sara,

J'y ai réfléchi. Nous sommes très jeunes et il serait bon de nous arrêter dans nos réunions. Je le fais honnêtement parce que je n'ai plus de plaisir avec ta présence même si tu es spéciale. Peut-être qu'on est justes amis.

Un câlin et j'espère que tu m'oublieras tout de suite, souviens-toi de ta mère. Attention, Victor.

La réaction de Sara n'était pas bonne : elle criait, griffait, pleurait et frappait le mur. Attiré par les cris, sa mère est entrée dans la pièce, la réconforte et profite du moment difficile de sa fille pour suggérer qu'ils s'installent dans une municipalité très loin, où elle avait déjà été offerte un bon travail. Sans réfléchir, Sara a accepté la proposition et Genoveva a dit qu'elle allait bien obtenir les détails. Deux semaines plus tard, les deux partirent sans dire au revoir, à la recherche de leur nouveau destin. Que se passerait-il ? Continuons le récit.

1.15- La nouvelle routine

Après le départ de Sara, Victor a passé une saison en dépression, se demandant ce qu'il avait fait mal. Cependant, il est peu à peu convaincu que ce n'était pas en faute. Lui et son bien-aimé avaient été victimes d'une cruelle conspiration du sort. Bien que la relation soit éteinte, elle valait la peine de vivre et qui sait quand ils étaient adultes, ils pouvaient se redécouvrir, découvrir ce qu'ils ressentent l'un pour l'autre et reprendre. Bien que ce soit une possibilité à distance à l'époque parce que les deux d'entre eux étaient partis dans le monde.

Avec le temps, Victor étouffe les souvenirs et se calme. Quand il fut complètement récupéré, il retourna à sa routine normale : Travailler sur le site de son père, dans le matin, dans le ménage, en aidant sa mère (après-midi), en se reposant la nuit, en s'appuyant sur les jeux et les loisirs le week-end avec son frère Rafael, ses amis et ses voisins. Ce serait heureux dans votre vie simple et routine, mais provoquant la pensée et intéressant.

Les autres membres de sa famille continuent de la même manière que toujours : Jilmar, avec son dévouement continu à le travail rural, sa mère s'occupant de la maison, de son métier, de la famille en général et son frère Rafael avaient terminé l'école primaire et l'an prochain commencerait à aider dans le traitement des balayages, en plus de prendre du temps pour ses jeux, bien sûr. Tout allait bien jusqu'à présent malgré les difficultés croissantes auxquelles une famille de pays pauvres devait faire face.

1.16-Les histoires de Filomena

À l'âge de onze et huit ans, l'un d'entre eux étant presque adolescent, Victor et Rafael avaient assimilé de nombreuses valeurs transmises par leurs parents, notamment par la figure de leur mère, Filomena, plus présent. L'une des façons de transmettre cette connaissance était par de petites histoires illustratives mais sages. Je vais en transcrire d'autres.

1.16.1-Le garçon animal

Diego était le garçon d'une famille de classe supérieure de la ville de Recife. Malgré la bonne condition financière et la bonne base des valeurs reçues, il en est de même sans relâche, intelligente et désobéissante aux parents qui se battaient en tout temps pour faire de lui un bon garçon. Il n'a pas remis ni regretté ses antiques.

Un jour, il fit un mauvais tour et sa mère, en colère, fit une dernière tentative de le corriger : il l'a giflé. Immédiatement, le garçon réagit, attrapa les jambes de sa mère et les mord. En ce moment, la même chose, inspirée par la grande douleur et le mal causé par le fils, dit : « Agissant ainsi, vous ne ressemblez même pas à un enfant, mais à un animal. La peste a attrapé à l'heure.

Dès ce jour, chaque nuit de pleine lune, comme punition, Diego se transforma : quitter la maison irrationnellement hurlant comme un loup. La malédiction durerait tant qu'il vivait pour lui d'apprendre à respecter une mère.

1.16.2-Le foie papa

Il y a longtemps, il y a un royaume très éloigné, un prince nommé Mimoso. Son principal élément était l'ambition non mesurée et ses parents, qui l'aimaient beaucoup, se battaient pour répondre à toutes ses exigences : ils lui avaient déjà acheté plus de 100 000 jouets importés et plus de mille pièces d'or. Mais rien ne l'a satisfait. Un jour, le prince est venu au sommet de demander dix étoiles d'argent du ciel et a chassé ses parents fous : Que feraient-ils pour répondre à une demande si absurde ?

Ils réfléchissaient, réfléchissaient...... et ils décidèrent qu'au lieu de dix étoiles d'argent dans le ciel, je lui donnerais le même nombre d'étoiles. Cependant, fabriqué à la main. Quand ils sont allés pour livrer le cadeau, le garçon a ramassé les étoiles, les a jetées par terre, s'est épuisé et a reniflé avec colère, dit que ce n'était pas sa demande. Le roi répondit alors :

"Mon fils, moi et ta mère, essayez de vous plaire. Cependant, ce que vous avez demandé est humainement impossible à réaliser. Tout enfant voudrait être à sa place et gagner ce genre de cadeau.

Le garçon ne s'est pas conformé, indigné et indigné s'est enfui vers la forêt voisine. Alors qu'il entra au milieu de la végétation et avance un peu, il s'assit sous un arbre, baissa la tête et pleura convulsivement. Il a mal, il n'a même pas remarqué l'approche d'un étranger.

La créature était le légendaire vieux papa-foie qui nourrissait sur l'organe du même nom que les petits enfants. Soudain, l'animal a attrapé le prince criant :

"Maintenant, je vais manger ton foie !

Effrayé et perdu, le prince a commencé à crier pour l'aide, mais personne ne lui répondit. C'est là qu'une voix intérieure lui a dit :

"Tu devrais être à la maison avec tes parents qui t'aiment tant et au lieu de pleurer, tu devrais sourire et remercier pour la vie que Dieu t'a donnée.

Il regrette d'être égoïste. Au milieu de la pression, il voulait rentrer chez lui. Comme si c'était par magie, le papa-foie a disparu et Mimoso est revenu au palais. Quand il est arrivé, il a embrassé ses parents, le remercié pour le cadeau, mais il ne l'a pas accepté. Il décida de tout donner aux pauvres enfants du royaume et n'ose plus jamais demander à ses parents quelque chose d'extravagant. Au contraire, il se contentait de ce qu'il reçoit volontairement d'eux.

1.16.3-Le meilleur prix

Un jour, il y avait un garçon nommé Ronaldo qui habitait à proximité de Salvador. Comme la plupart de la population de la région, sa famille était dénuée et survécut à la décharge dans laquelle il travaillait huit heures par jour pour aider ses parents et lui-même à répondre à leurs besoins fondamentaux. Dans les quelques moments de loisirs, il improvise les jouets avec des résidus de déchets tels que les balles. Même avec toutes ces difficultés, j'ai toujours rêvé de meilleurs jours.

Les caractéristiques particulières que ce garçon a rassemblées lui font un exemple pour tous ceux qui le connaissaient. Quelques exemples de ses belles attitudes sont : Il a participé à la campagne du pull et de Noël sans faim (Il était l'afficheur et n'a pas chargé de cache pour elle), en plus d'encourager les marchands du temps à donner une partie de leur profit aux pauvres.

Sa vie a acquis une telle connotation qu'elle a atteint les oreilles d'un certain père Noël. En analysant son cas, il décida de l'aider et exactement le 25 décembre, date de Noël, ce bon vieux arriva à la cabane où Ronaldo habitait. À son arrivée, il observa dans la région environnante et vérifia qu'il n'y avait pas de cheminée parce que l'adresse était basique. En dernier lieu, il décida de mettre le cadeau qu'il apporta contre la porte. Une fois que c'est fait, il est parti.

L'autre jour, le matin, l'enfant s'est réveillé. De la chambre, il est allé au salon. Comme il a essayé de passer la porte, il est tombé dans le paquet. Pleine de curiosité, il a déchiré l'enveloppe et trouvé une lettre et un formulaire. Cependant, comme elle ne pouvait pas lire, elle appela sa mère et lui demanda de traduire le contenu en lui-même Elle lisait, ne croyait pas, se relisait pour s'assurer et lui dit qu'il y avait écrit que la même année qui devait commencer aurait droit à une bourse complète dans la meilleure école de la ville. En outre, la famille recevrait un panier de base mensuel et un suivi médical. Toutes ces bonnes nouvelles ont été décrites dans la lettre.

Déjà sur la forme, il reçoit un message félicitant, le louant pour ses réalisations (Signé par le père Noël en question). Après avoir lu, Ronaldo et sa mère se sont embrassés et remercièrent Dieu d'avoir encore des anges sur terre. C'était le meilleur cadeau de Noël que Ronaldo et sa famille pouvaient avoir.

1.16.4-La valeur du travail

Il y avait une abeille ouvrière appelée Zunzum. Son travail était essentiellement de visiter des milliers de fleurs quotidiennement à la recherche du nectar, l'ingrédient principal avec lequel le miel est produit. Pour atteindre une quantité importante de miel, il faut beaucoup de travail des abeilles ouvrières : une navette intense de la ruche à la matière première (parfois ils voyagent à plusieurs kilomètres à la fois).

Un jour, un homme nommé Abilio, spécialisé dans l'enlèvement du miel, s'approcha de la ruche. Il portait un costume spécial pour le protéger des piqûres et apportait avec lui du matériel pour fumer l'environnement et confondre les ennemis. Au bon moment, il attaqua les abeilles avec sa fumée pour les faire étourdi et désorientés. Zunzum s'exclamait :

« Pourquoi faites-vous cela ? Tu veux nous tuer exprès ?

« Je ne veux pas les tuer, mon but est juste d'enlever le miel.

« Ce n'est pas juste : c'était mes sœurs et moi qui nous efforçaient de produire et de paqueter le contenu dans l'alvéoles.

« Je m'en fiche. Je veux votre miel ; je vendrai une partie et en consommerai une autre parce qu'elle est très nutritive et appréciée.

« Si tu oses le prendre, nous te piquerons.

« Tu ne peux pas me piquer. Je suis protégé

« Monstre, n'avez-vous pas de sentiments ou de remords ? Si tu attrapes notre miel, mes sœurs et moi mourrons d'étoiles.

« C'est ton problème. Je n'ai rien à voir avec ça.

« C'est une indignation, une escroquerie à la loi.

« La loi que je connais est celle-ci : elle est appelée la loi des plus forts, de la survie.

En disant ça, tu n'as plus écouté l'abeille. Il a enlevé tout le miel de la ruche et est parti pour sa maison. Une fois de plus, l'animal de l'homme a montré sa supériorité et sa primauté sur tous les êtres vivants.

1.16.5-La beauté et le tuning ne sont pas mis sur la table.

Le propriétaire d'un cirque cherchait un animal spécial qui connaissait des tours et qui se trouvait dehors. Cherchant ce but, il est entré dans la forêt, a marché une certaine distance, a collé des affiches annonçant ce qu'il cherchait, et attendu un moment. Le premier qui est apparu était le paon :

J'ai entendu dire que vous cherchez une étoile parce que vous savez que vous l'avez déjà trouvé. Il n'y a pas d'autre animal qui m'égale : Ma beauté est exaltée par des peintres et des poètes, j'ai de l'élégance, du style et beaucoup de charme.

L'homme regarda l'animal de haut en bas et répondit :

« Je suis désolé, mais ce n'est pas ce que je cherche.

La seconde à apparaître était la dinde :

« Tu n'as pas à chercher quelqu'un d'autre. À partir d'aujourd'hui, je serai votre attraction principale parce que je suis un grand chanteur.

Encore une fois, l'homme observa le candidat, pensa un peu et répondit :

« Excusez-moi, je ne cherche pas de chanteurs. J'ai déjà une sirène qui a une grande voix dans mon cirque.

Le troisième (a) candidat (a) qui apparaissait était un poulet :

« Vous cherchez une étoile ? Oui, tu l'as fait. Je suis très talentueux : Dance tango, funk, axé, forró, samba, room dance.

« D'accord. Je vais faire un test avec toi. Si elle n'est pas approuvée, elle donnera au moins une soupe.

Cela dit, il l'a attrapée, sorti des bois et s'est dirigé vers le cirque. Avec ce résultat inhabituel, le paon et la dinde s'exclamèrent :

« Je suis sûr qu'il ne nous a pas choisis.

1.17-Le code de conduite de Filomena

Aidé par son expérience et sa sagesse, Filomena a élaboré un code de conduite pour ses enfants verbalement afin qu'elle puisse les guider sur les chemins de la vie. Ce code n'était pas compris par les deux et à leur initiative, ils ont rédigé les règles. Voici le code :

1. Lorsque vous levez

    1.1-Préparez et organisez la chambre (Faites le lit, balayez la pièce, poussière les meubles) ;

    1.2-Baignoire ;

    1.3-Aider à la préparation et au petit déjeuner ;

    1.4-Brosser les dents et peigner vos cheveux (Ne sucez pas une balle ou prenez de la poussière) ;

    1.5-Aller à l'école (tâche partiellement terminée, avait déjà terminé l'école primaire) ;

2. À l'arrivée de l'école ou du travail

    2.1-Storer les fournitures scolaires dans un endroit approprié ;

    2.2-Retirer l'uniforme scolaire (n'avez pas besoin ou plier) ;

    2.3-Bath encore, changer de vêtements et déjeuner, mâcher lentement pour mieux digérer la nourriture ;

    2.4-Dans les repas, savoir comment se comporter à une table ;

    2.5-Temps de loisirs : étude, jeu avec collègues, visites, etc. ;

    2.6-Aide au travail ménager.

3. La nuit.

    3.1-Parlez aux parents quand vous avez des problèmes (questions, problèmes, etc....)

    3.2-Dîner (suivant les mêmes règles que le déjeuner) ;

    3.3-Baignoire ;

    3.4 Priez Dieu et l'ange gardien, remerciant pour un autre jour de vie ;

    3,5-Va te coucher tôt.

4. Socialement.

    4.1-Respecter et aider les personnes âgées ;

    4.2-Gardez le silence pendant que les adultes parlent ;

    4.3-Faire preuve d'éducation et de sympathie en tout temps ;

4.4-Toujours chercher à démontrer votre amour et votre compréhension ;
5. Général.

5.1-Respecter les obligations à peu près au même moment.
1.18-Hunter Stories

C'était le 4 mai 1912, un samedi. Ce jour-là, il était courant que la famille Torres reçût une visite d'une vieille connaissance nommée Francisco, ou plutôt Chico, un chasseur célèbre dans la région pour son talent dans la raconte des histoires. C'est comme ça que ça s'est passé.

Le vieux Chico a claqué la porte. Jilmar est allé le rencontrer l'inviter à entrer. Ensemble, ils sont allés dans la petite pièce de la maison où Filomena, Victor et Rafael étaient déjà situés. Il a salué tout le monde et s'est assis sur un tabouret disponible. Jilmar a commencé le dialogue.

« Hé, Chico, d'accord ? On se connaît depuis longtemps. Depuis qu'on est allés à cet endroit, mais malgré notre contact, vous êtes toujours une figure pleine de mystères. Pour savoir que tu es de l'arrière, n'est-ce pas ?

« Oui, je suis né à Cabrobó, j'ai aimé mon pays, et je n'ai jamais voulu m'en éloigner. Mais j'ai beaucoup souffert des coups de mon beau-père, et un jour je réagis, il est tombé inconscient, et je me suis enfui. Je ne sais pas ce qui est arrivé à lui ou à ma mère. Puis je suis allé dans le monde Je suis arrivé par hasard à cet endroit et j'ai décidé de m'installer ici. Il a répondu.

"Je comprends. Tu as appris à faire des mensonges ? (Jilmar)

« Avec personne. J'ai appris de mes expériences. (La même)

« Avez-vous quelque chose à nous dire aujourd'hui ? (Victor)

« Oui, plusieurs. Tu aimes mes histoires ? (Chico)

« Oui, beaucoup. (Victor)

« Moi aussi. (Raphaël)

« N'impressionnez pas les garçons, Chico. (Filomena)

« C'est bon. Je ferai attention. Allons-y ? (Francisco)

Tout le monde a accepté l'invitation. Ils ont pris ses lanternes et l'ont suivi. Ils ont traversé toute la cabane jusqu'à l'extérieur. En sortant, ils regardaient les étoiles, mais ils n'y ont plus qu'à se concentrer sur la

figure mystérieuse du chasseur. Puis il a commencé...
....
....

1.18.1-L'esprit de la forêt.

Quand j'étais jeune et j'ai vécu là-bas aux côtés de Cabrobó, j'étais sorti samedi. Je suis allé à la campagne pour chasser. J'adore faire ça. C'était et c'est mon loisir. Un jour, pris dans la forêt, je faisais le jeu prêt à donner au bateau (silencieux et attentif à la recherche de la meilleure façon d'attraper ma proie). En ce moment, plein d'anxiété et de nervosité m'ont fait venir l'envie de regarder en arrière. En faisant ce mouvement, voici, la figure d'une fille apparaît devant moi, avec des cheveux longs et drainés et des yeux bruns. Il m'a regardé de haut en bas et d'une voix sérieuse et grossière dit :

"Ne tirez pas. Je ne te laisserai pas tuer d'animaux.

"Pourquoi ça ? Dieu nous a donné les animaux pour qu'ils puissent nous aider et servir de nourriture.

"C'est vrai, c'est ça. Mais Dieu a réservé ce jour. Il est sacré. Donc, tu peux abandonner et partir.

"Je comprends. Je comprends votre point de vue et je promets que je ne violerai pas cette loi. Tu peux le laisser. Je me tire.

Je suis parti immédiatement. La prochaine fois, je chassais un jour de semaine pour ne pas risquer de rater le voyage.

1.18.2-Le salut de l'enfant

Un jour, je sortais des bois, venant d'une chasse rentable (Il m'a amené avec moi, dans mon sac, trois préás et quelques oiseaux) et avec ce succès, j'étais heureux dans la vie. Comme je disais, je marchais tranquillement dans les bois, dans sa dernière partie, quand soudain (pas loin de là) j'entendis des cris de désespoir et de douleur (ça sonnait comme la voix d'un enfant). Fait par pitié, sans penser, il m'a immédiatement adressé à rencontrer la voix affligée dans le but de l'apaiser. Plus loin, je me suis plié à droite, trouva une rangée d'arbres, et j'ai avancé un peu sur la scène suivante : Un serpent Constrictor Boa (environ trois mètres de long) a enveloppé sa queue dans le coffre d'une plante, et à l'autre extrémité, sa bouche s'est accrochée à une jambe fragile et mince qui a lutté en vain pour se détendre.

Le propriétaire de la jambe était un enfant noir (environ huit ans), probablement le fils de descendants africains d'un quilombo éteint près de là. Comme je voyais son agonie, je me suis approché et essayé de l'aider de la meilleure façon possible : j'ai retiré la machette de ma taille et je me suis mis à blesser le serpent venimeux. Elle s'est un peu arrangée. Puis, j'ai attrapé les extrémités de sa bouche et l'ai pressée pour laisser partir l'enfant. Je me suis battu courageusement pendant vingt minutes jusqu'à ce qu'elle n'ait pas donné : surmonter et épuisée par la fatigue, elle a abandonné sa proie. J'ai jeté des roches dessus et finalement elle est allée dans les bois fermés et est partie en permanence.

Le garçon (libre et soulagé), soupira gracieusement :
"Tu m'as sauvé la vie.
"Dieu m'a aidé. Calme-toi et lave cette blessure pour ne pas être infectée.
"Comment puis-je exprimer ma gratitude ?
"Fais-le : Ne jamais entrer seul dans les bois Tu aurais pu mourir.
"Tout va bien. Vous devez être mon ange gardien.
"Angel, je ne le suis pas. Certes, votre protecteur m'a guidé ici : Ce qui vient de se passer est un vrai miracle.

On a dit au revoir et on ne l'a plus jamais revu. C'est la leçon.

1.18.3-L'once

Dans l'intérieur de la Paraiba, il y a beaucoup d'onces. Quand vous êtes dans la forêt de la région, vous faites n'importe quelle activité, vous courez le risque de les rencontrer. C'est ce qui s'est passé un jour. C'est arrivé comme suit : Je chassais le cerf avec mon chien fidèle, sur la veille. Ce qui n'était pas notre surprise (au lieu du cerf apparaissait une once). Elle a semblé affamée (elle a marché lentement et silencieusement renifler la proie possible dans toutes les directions). Je la voyant, mon cœur a failli arrêter. Plus tard, j'ai récupéré mon calme et réfléchi pour décider rapidement quoi faire. Mais il n'y avait pas de temps. Impulsivement, mon chien a aboyé et s'est mis en route vers le félin. En réponse, elle lui a appliqué une légère patte pour le garder loin. Avec ça, j'ai enlevé le fusil et j'allais tirer sur le bogue. Sentant le danger, elle a dit :

"Ne tirez pas. J'ai des chiots à élever.

"Pourquoi je ne devrais pas tirer ? Tu as blessé mon meilleur ami. En plus, elle est concurrente dans la chasse.

"Ton ami m'a attaqué en premier. Je me suis juste fait défendre moi-même. Quant à la chasse, j'ai besoin qu'elle me nourrisse et mes petits.

"Je comprends. Alors je te laisserai partir. Mais attention aux autres chasseurs.

"Merci, merci.

J'ai décidé d'arrêter la chasse et de revenir avec mon chien chez moi. Le jaguar était vraiment en colère, mais si ça n'était pas provoqué, ça ne pose pas beaucoup de danger. Au moins celui que j'ai rencontré.

1.19-Adieu.

Après avoir raconté ces histoires, Chico a changé le sujet et a parlé pendant un temps de politique, d'économie, d'actualités populaires et de ragots avec des membres de la famille Torres. Il a épuisé les affaires, il a dit au revoir et est allé chez lui avec le but de dormir. Samedi prochain, je reviendrais probablement et infecterais tout le monde avec votre sympathie Je continuerais donc à faire l'histoire.

Après son départ, les membres de la famille Torres sont aussi allés dormir parce qu'ils venaient d'une longue et fatiguée journée. Dans les jours à venir, ils resteraient dans leur vie simple mais provoquant la pensée et digne. Ils étaient un exemple de lutte et de persévérance dans la région contre tous les phénomènes de son époque, surtout Victor qui vit chaque jour ses pouvoirs grandir et se développer sans quiconque le conseillerait. Qu'est-ce qui serait de la même et de votre famille ? Continue, lecteur.

1.20 Fin de l'enfance

C'est le 1er août 1912. Victor avait douze ans, la dernière étape de son enfance. En cette brève période, il avait vécu de nombreuses expériences intenses. Les plus importants étaient la naissance du frère, la découverte de dons spirituels, la routine, les valeurs apprises des parents, l'amour enfantin provoqué par Sara. Tout ce qui avait vécu a ajouté la sagesse, l'humilité et la patience à ses vertus, qui était déjà un bon début de l'évolution. Il vivrait une nouvelle phase, adolescence, la seconde de sa vie.

Il avait vécu la peur des ténèbres, des fantômes, surmonté ses limites sensorielles, essayant de comprendre les forces cachées, avait innové et créé de nouveaux jeux avec son frère Rafael ; il avait découvert l'attraction et les similaires comme un enfant, qui n'était pas commun ; maintenant, passons à l'adolescence et à l'âge adulte.

Fin

www.ingramcontent.com/pod-product-compliance
Lightning Source LLC
LaVergne TN
LVHW020443080526
838202LV00055B/5326